アイスバーン

久納美輝

七月堂

目次

アイスバーン

アイスバーン

湖の氷の上で
馬がすべらないように
蹄鉄をつめたい氷にひっかけて立っている
馬は競走馬であることをやめて
二本足であるくことに決めたお方だ
偉そうに腕組みをして人間のふりをしている
「走らないのか!」
他の馬たちの罵声にも聞こえないふりをして
ゆっくりと話す
「おまえたちと同じコースを走らないだけさ」
そして組んでいた前足をほどくと

前面の氷にたたきつけた
氷が割れて湧き立ってみえる
馬はつめたいみずのなかにからだを
沈めてこごえているが
まわりには馬の白い息が
湯気となって立ちこめているようにみえた
馬は背中で氷をかきわけながら
氷を砕いて泳いでいく
「踏み固めるのではなく、噛み砕くのだよ」
湖を一直線に氷を食みながら
馬は叫んだ

ルーティーン

老人は
かたい茎を咥えながら
かたい茎で
歯茎から脱落しそうな歯を
支えている

噴水が枯れてしまったので
畑には大根が実らない

かわりに
抜け落ちた歯を

ひしゃくを使ってばらまく
雌雄の蘂が生えそろい
双葉をひらいて
長い長い茎が
生えるのを待つ

老人は
歯の抜けた櫛で
髪型を整えると
茎を咥えなおして
マッチで火をつけた
老人も茎になればいいのに
髪の毛に火をつけられて燃やされて

ルーティーンを終えた老人は

ひと仕事を終えて
青い煙を吐きながら
うめく

明日もさむい日差しのなかで
自らの歯を
ばらまかなければならないのか

生け花

空っぽの容器に
うずだかく
塩が盛られている

さしこまれる一本のきゅうりに
およぐことはできない蟻がたかる

透明な壁はかぎりなく
視野をとめないだろう

きゅうりから水が湧く音

きゅうりがちぢこまる音
空間は彼の髄液かもしれない
広さは浸透圧ではかる

長芋になる

長芋を皮をむかずにすりおろすと
ブヨブヨ緊張を保った
水まくらになった
穴からすこしずつ漏れ出すものを
ご飯にかけると
ご飯はすすられるものになった
皮をむいてしまうと
僕の肌が水たまりになり
中心が皮になった
二十年間すすられた気配は
内側を向いて乳首となり

僕の背中を凝視している

リサイクル

いきたいという
欲求は
産道をとおって灰になり
うまれもどしたい
要求は
おとなにしか
ないかんせい
まけた
まけた
関係は慣性の法則だ
より軽いほうこうに

わたしはかんたんになってゆく
いつでもかんたんにすてられる
わたしをみつめなおすより
完ぺきなわたしをうみなおしたい

姿勢

なんとなく
生きていける予感がしていたが
姿勢がいい人はそれを
肯定することをしなかった
それは目の前の人のためなのか
目の前の人が自信を
なくしていくための行為なのか
わからなくて
目の前の人は表と裏を
くるくるのぞきこんだりしていた
それは学ぶものではなく、悟っていくものなのだ

目の前の人は
姿勢のいい人の口から漏れている
はっきりしている
紫色の息が
いやだ
なんとなくいやだ
目の前の人は姿勢のいい人が
背負っている大切なものを
ゆずりうけようとしている
すこしずつ増えてゆくものを
なにも言えない目の前の人は
重い、かたいと折れる

老化

五百円玉をギザ十にしてかえす
かえされた側はギザ十に五百円の価値があろうと
使いづらいことにかわりはない
ひとつは五百円の価値があるものを十円として使いたくないし
ギザ十を五百円にするために鑑定人にもちこむのも面倒だ
ギザ十が百枚あったら価値がなくなる
五百円玉は量産されながら五百円の価値を保ち続ける
鉱物としての価値をうしないながらじゃらじゃらなる
ギザ十は賽銭箱に放り投げたほうが
価値がでるかもしれない
それが老化である

念仏をとなえるとき
ギザ十は使いたくない

たまひろい

ボールを打つことだけをかんがえて
打席に立てるのはいったいなんにんなんだろう
レフトで大声をだしているときふいにおもった
チームメイトがわらい、相手ベンチもわらう
試合がおわるといつも通り練習がはじまり
わたしは女子硬式テニス部のコートにとびこんだ
ボールの謝罪にいくのだ
赤面して頭をさげる
女たちのうんざりとしたため息がきこえる
声をあげることがにがてなわたしは
だまってボールを取りにいく

いやな目線にかこまれる
じっさいにとりかこまれて
くらったこともある
わたしが守備についたのはその試合が最後であった
わたしはあやまりかただけを野球でおぼえた

ゆうやけこやけ

夕方の窓からの景色は
なんておおきな山だろう
こじんまりとしたいすにすわって
夕焼けをまどろむ

さようならなんていわないわ
あの人こんにちはいわないもの
庭のはげた外壁をあかく塗って
お金ももらわずさっていった

友だちのうちにおよばれしたのに

ぜんぜん外にでるきがしない
ゆうきをだして外にでてみたけれど
公園の前のあかいポストに
蜂がいたのでかえってしまった

夜がちかくなってすずみだす
かぜの毛色をたしかめて
帰り道に種をまく
おじさんがついてこれるように

保守

正しさだけをえらんできた
わたしの空は宗教にまみれている
あなたは不在の空にひそんでいて
わたしのナイフを刺す余地がない
あなたにはかくしきれない保守がある
きりひらかれた夜　ぬいとじられた朝
フォークとスプーンのつかいかたを
きそうようにおそわった日々
いまいちどわたしの空をながめてみる
消滅に点はあるのか
ひろがりに果てはあるのか

ベランダのラベンダー

トイレから出て
ベランダでタバコを吸っている
嗅いでいるラベンダーの香りは
トイレからただよってくる
ダダイズムな香りに
そっくりな気がしている
枕に置いた火種は
エロティシズムの蔵書を焼いて
焼き芋を手がたべる

手が喋るようにくりかえし埋める肉片を
シャベルは丁寧におもいだしている

外に出ると外は冬なのかもしれない
ホカホカと湯気をたてる
焼き芋をだまってたべる

てぐさり

左手に手癖のわるさがみえるとき
落としてしまった右目には
手をさしのべているようにみえた
みえないところをてぐさりでかきあつめる
右目を元にもどそうとするのは
体の願望なのかそれとも
左手のせいなのか
手の表面にはりついている手癖のわるさを
いったいだれがみてくれる

食指乱《しょくしらん》

指は刃物だ
本をどんどん斬りつける
斬りつけて斬りつけて
本をこわしてしまう
いい本も刃物だ
親指を抜いて
手首をもぎとって
血しぶきを拒否している

祖母祖母祖母祖母
祖母のあかぎれで汚した背表紙

こびりついた血
祖母の血は僕と本をつきぬける

祖母の手をはなしたのはいつだったろう
手と手をつないでトテトテあるいた
道なり、あれは群馬だったか
いいや、馬群だった気がする

右手の本と左手の祖母を
ふたつかかえてふらふらしている

朽ち花

Ⅰ

白い器にもられたいちごに
おおさじ一杯の砂糖をかける
台所から居間へはこぶあいだに
みずからの重みで肉がくずれる
たたみに点々と染みがのこり
蟻がたかる

Ⅱ

老女がしろいすじばった指で
くずれた肉をつまんではなめる
保育器からたちあがれない赤子のくちに
おちちがわりに指をしゃぶらす
いちごがわりに

Ⅲ

赤子がおとなになったとき
みずから指をうごかして
肉をくちにはこんだときに
かたいものにぶちあたる
それはしろくて節がある

Ⅳ

器にしずみこむ手
底をなでると老女の指の感触がある
樫の木のテーブル
ニスを這う油にも感触がある
みずから摘んだ
いちごの果汁にもひそむ

Ⅴ

しろいいちご

赤い骨
骨壺を液体でみたす

Ⅵ

墓の中で漏れる
うすく広がる
ほんのりとあたたかい
赤土の温度

ガタリガタリ

パチェコ・スタンダードは
なぜなにを知らない
しずかな湖畔から
くさいくちのぐちのかずかずが
あんちされているところから
真空パックがひらかれて
はらもはらわたもひらかれて
物干し竿に干物がおよいでいる
火曜日の朝礼の校長先生は
しんぶんをよんで盛るさらをえらんでいる
ふくよかにうちがわからひからびていく

みたされていく
パチェコ・スタンダードの
しめりけはさわってみないとわからない
どうくつ
鉱石がひかる
あかるさをもたない
あしのうらの
がたり

循環

きれいな川がながれている
いらなくなったコーラをパッと手放して
ああ、青魚になりたい
炭酸が抜けたコーラをアリ塚のなかにながしこんで
キリギリスになりたいな

アリにとってあまりある富をながしこむ
炭酸が抜けたコーラで
アリはゲップをするのかしら
やせ細った体はコーラの瓶にちかくなる

アル中のおじさんが
コーラ色の小便で虹をえがいて
すこしながれをにごらす
まざりきらないところにアリをうかべて

とおくから観察したいの
スコップを持って
キリギリスがしゃがみこんだ格好で
わたしは大便がしたいの

卒塔婆のない空

見晴らしのよい丘からジャングルをながめると
一本の高い木があった
上からみるとあまりにも
青々としていたのでおどろいた
木はまっすぐのびていたが
どこか生きている感じがしなかった
そこは白い森だったのだ
白いキノコがびっしり生えている土を踏んで
ここまであるいてきたのだ
キノコは地盤の割れ目から生えていて
黄色に変色した土からは硫黄のにおいが立ちこめていた

その脇の基地から
三機の戦闘機が木々を揺らして
飛行機雲をえがいていった
そのあとを追うように
鳩群《はとむら》がうまれた
木は飴色の虫の死骸を吸って生きている
しかし、木々たちはすっとぼけていて
ラフレシアだけが素直に赤い花を咲かせている
気配で満ちている大気に
名前を記すべき板がない
ポケットの筆をまさぐったまま
立ちすくんでいる

鳩笛

戦闘機の横を抜ける風は
森の一番高い木を揺らして
生傷だらけになった
木の表面から
空を傷つけるように
胡弓の音がひびいた
丘の上に立っているのは
声量ではなく
たっぷりと湿気をふくんだ
僕のありか
雨があがるたびに

鳩群が僕をかこんで
光をあつめる場所の名前を
虹におしえてあげたいのです
いつでもかえってこられるように

黄ばんだカルタ

私は顔さえぼうっと覚えている程度です。
（深沢七郎『言わなければよかったのに日記』「作業の母」）

かつてまっさらなカルタの札を探した
黄色い手を探しました
黄色い手は手の甲をあらいました
なんどもなんどもあかくなるまで
血の気の引いた手をみると
あかぎれさえもなつかしく
僕は指先で汚した札を
いまでも探しているのでしょうか
手元にあるのは

キャバレーでひろったマッチ箱で
火をともすべき棒がない
棒は札束を数える男の手にさらわれて
骨壺に火をともすとき
照らされた顔は燃えてゆく
ぼんやりと海のあいだに
煙となって消えてゆきます

ラ・セラセラ

魚を狩る人は昔クジラを食ってわらった
クジラは人をオキアミのように食ってわらう
大クジラ vs 大機械獣の陸上でのたたかいにおいて
大クジラは毛ブラシのように退化した歯で
人々を毛だらけにして自衛隊をハゲにして勝った
戦場となった名古屋ではふさふさの地蔵が
大曽根のひろい道路にならべられ
そこじゃないだろう道をあけろと大機械獣がさけんだという
そのたたかいを記録するかのように
大曽根の街路樹には
毛のはえた松ぼっくりのような

洋梨がなっていて
人々はその洋梨の品種を
ラ・セラセラとなづけた

背景

歌人に手紙をだす課題を僕は書くことができなかった。見知らぬ他人に近況ばかり語りすぎてしまったからだ。手紙のかわりに詩や小説とくらべて短歌がいかにすぐれているか論を好きな先生のためにながながと書いた。まちがってるんじゃないか。短歌がすぐれている部分をみじかく説明できないなんて。声帯がなくても、レコーダーを買う金がなくても誰もが残せる声が短歌だからだ。痰がからんでいるので左手で書いた字みたいに論があっちにいったりこっちにいったりしている。これではいけない。先生はご高齢だから三角形の白い布をまいて両手を前につきだして、キョンシーみたいに息をきらして、天国まではしるだろうナァ。散文はもっていけないヤァ。言い訳も歌もいらないヤァ。近所のひとが僕をみている気がして、ヤァと和室から石垣をへだててあるく人に軽い挨拶をかわした。

刃物

Mよ、昨日のひややかな青空が
剃刀の刃にいつまでも残っているね
だが、ぼくは、何時何処で
きみを見失ったのか忘れてしまったよ
（鮎川信夫「死んだ男」）

流行作家のエッセイから『裸のランチ』を知った
鮎川の訳だった　僕は書くものになろうと決めたのです
訳は乾いていた　ジャンキーが目に注射を打ち
トレンチコートを着たやつがいて　壁をみつめてぼーっとしたり
口からヨダレを垂らしていた　みんな乾いていたけれど
僕はびしょびしょだったのです

街に出ると駅前のトイレがくさくて
黄色い液がぶちまけられていた　パンとりんごの甘酸っぱいにおい
なぜかなつかしいにおいだった　鮎川訳の古びた初版本は
チョコレートのにおいがしたな

なにか書きたいとおもったのです　くびすじに刃物をあてて
血が出るかどうか　ためそうとおもいました
もうながれている　街にはりついている

僕はもうない　刃物はさびてしまったのか
真のつめたさをかんじて、やめた

荒磯《ありそ》

父親の顔も明日も
おれがうまれた朝も知らねぇ
母親の顔と昨日だけは知っている
海のない街の夕暮れは薄く
たまに*fu-ga*という幻をみる
おれたちはメディアしか信じない
掃いて捨てられるほどの陳腐をかきあつめて
ちいさなちいさな画面のなかで五分間だけ有名人になりたい
一再生一円にもみたない価値で、詩人になるにはいくらかかる?
夕焼けのある街は寒い
暗がりにある文学碑は荒波に低く正対している

死の淵に立てばなにがみえるだろうか
あたらしい剃刀　潮の香り
母親の顔がみえる気がする
夕焼けのない街は
傷をみせあってよろこぶ数千万の猿であふれている
火をつける場所を探したまま
ポケットは吸い刺しの煙草だらけ
唇は寒さに震えたまま出血している
右をみれば、オオウバユリが生い茂る境内
左をみれば、波が静かに引いていく崖
この瞬間に剃刀を置いていこう
おれには赤い血がながれているんだ

未確認飛行物体

コックピットに人の姿はみえず
透明な視線だけがあり
未確認飛行物体は（……の）照準を
適切な広場にあわせた

I　サナトリウム

部屋が混んでいてさわがしい。乾いた咳と人工呼吸器のふくらんではしぼむ音でみちている。先生の往診は日に三度。マスクに防護服、ゴム手袋といったいでたちで、順繰りに患者の体をさわり、体温と脈拍をたしかめる。あのゴム手袋ごしにつたわってくるあたたかさがなによりの救いだ。病のわたしとそうではない彼との共通項のような気がして。

昨日と一昨日は雨だった。当然今日も雨だとおもっていた。しかし、今日は嘘みたいな晴天で、先生に「外にでましょうか?」とさそわれた。先生は窓をあけると、窓の桟をひょいと乗り越える。後につづいて外にでる。ひゅぉーひゅぉー、療養地の風が苦しそうに泣いている。「煙草でも一緒にどうですか?」防護服をぬいだ先生がわたしにハイライトをすすめる。「じゃあ一本」一服しているあいだ、先生はわたしの命よりも大事なカルテを丁寧におり、療養地の空に紙飛行機をとばした。

Ⅱ　金沢

路地にはいると魚臭くて街にいる気がしない。魚のたたき売り、肉屋、海のものは陸のものより0がひとつ多くて手がとどかない。ウム、金《かね》の匂いがする。ふるきものとあたらしきもの、ふたつまとめたうつくしい街。金粉アイスをなめながら少女とあるく。金沢能楽美術館におとずれ、面をかぶる。彼女が般若、わたしが小面。わたしは扇をもつ。ハイ、チーズ。カシャ。天井からつるされた天使がシャッターを切る。小面はひかり、笑みをうかべ、般若は胴体がきえる。般若の面をひろいあげると天使がおこる。面は神様だから手のひらをかぶせてはいけない。

Ⅲ　敦賀

浮き上がれ、写真機よ
汝はあまりにも地に足がついている
三脚はいらない
核の最深部に足を運べ

レンズに突然はりついた三〇センチほどのバッタを少女とともに追いかける。バッタは人工物か化合物か、解剖の結果がまたれる。少女とバッタ、検体はふたつ。ふたつとも咳をする。コン、コン、コン、コン。これはただの風邪ではないな。

写真機の画像は不鮮明ではっきりとわからない。少女の胸をひらくと、空洞のなかのあばら骨が呼気にあわせて揚力をうみだす。少女は旅をつづけ、バッタはハンカチをふって見送る。

Ⅳ　東尋坊

東尋坊の近くに死者をとむらう寺院がある。崖の上にひとつ。下にひとつ。ひとつは天寿をまっとうしたもののため、もうひとつはとびおりたもののために。崖下には船がある。死霊が二度とかえってこれないように。うまく旅立てるように。

崖の先端に立つと夕焼けがほんとうにきれいなんだ。「ここであなたも……」と少女がいざなう。「阿呆、人生はもっとうつくしい」

未確認飛行物体がわたしを吸い取り、海に発射する。わたしのせいで海が割れる。未確認飛行物体は足跡をさかのぼる。なぞるのではなく、破壊するために。

またたきに満ちた朝

締め忘れたボトルから抜けたかろみから
濡れた白いシャツのしめりけにかわる泡
乾いたアスファルトを揺れるあおい朝顔
をおおう柑橘系のフルーツの麗らかな香
りにフルートを吹く少年の耳をつんざく
柘榴のはじける音にふるさととなる明日
スカートは楽しいトーストは寂しい朝食
燭台に燃え尽きた蠟燭の並ぶ貧しい装飾
静かな台所では活きのよい鯛が捌かれる
おろおろしている男らはこっちに寄んな
ほどける髪をリボンで結ぶのを諦めた女

シラブルがみだれブラジルの夜は暮れる
やけにうるさく鳴きやがる蝉の声にあこ
がれてラムネから落ちるビー玉とさかご

故郷

女たちと魚たちの踊りの
コラージュの朝にめざめた浦島太郎の
目の前に村ではなく街がある

産後のウミガメのように
黒衣を着た男たちがそぞろ歩き
のそりのそりと海に入っていく

家があった場所で目を閉じれば
砂で茶碗を洗いながら太郎の母が
日射しのなかでにっこりわらった

お母さん、食洗器買ってあげようか
いいよ、そんな無駄なもん買わんでも
四方山話で小一時間が過ぎる

濡れたまんまだと風邪を引くがね
という声に逆らい
黒衣の男たちの後を追う

進むことも戻ることもできない海流のなかで
ネクタイを緩め、革靴を脱ぎ捨てながら
太郎はつかの間の村を幻視した

生け簀

生け簀から飛び出して
あの漁師の太い腕に
抱きすくめられたい

まぐろを抱いた男の腕は
バレンシア産のオレンジだ

せんせい、私はりっぱな、まぐろになりますっ
そう威勢よく宣誓したのだから
誰かすくってくれないかしら

同じところをぐるぐると回り
ぼんやり真夏の日差しを浴びながら
ただ解体の時を待っていた

ゆうぐれのダンス

ゆうぐれの風はゆるゆるとフラスコに
生けられた椿と赤いキッスをかわした
フルートを吹くきみの唇とくびもとに
残した紫のアザが消えて唾液も乾いた
理科室のバッハと音楽室の人体模型の
セックスを眺めるような複雑な心象で
過ぎ去った時間を窓にうつしてきみの
顔が思い出せない頭が痛くなりそうで
一人で校舎の廊下をさまよって歩いた
雄猿のようにだらしなく涎を垂らして
でらしねの逍遥に夜の帳が追いついた

ソリッドな月から放たれる時間を見て
きみのエチュードが聴こえる校庭の隅
膝を抱えて思い出す音色のマテリアル
あの夜、ぼくらはでらしねの木菟と月
今宵はがらんとした藍色の余白がある
ところできみは春風になったらしいな
そこの人アフリカ的にダンスしないか

窓

紫陽花の花序は水銀に濡れて
ほろほろとほろ苦い銀の匙と
薄い花びらの味わいが混ざる

雨上がりに藍色の凧を上げる
彼らが踏んだかもしれない貝
を窓枠にすわってじっと見る

潮風が乾いた本の頁をめくり
慣れ親しんだエコーを忍ばせ
栞とともにそれを閉じたとき

ざらざらとした声の歯触りが
こじらせた風邪のように痒い

椿

フラスコに差す陽光のように椿を
愛して花瓶に乾花を生けたきみが
音楽なのに切符を購う列車に死の
硬直のように香料のいやな感じは
みちるもしきみがフルートを吹く
ならおれは香らない椿になりたし
花は性器であると調べてうなずく
笑うことなき夕暮れはいとをかし

雨季

春の朝日のそそぐ荒野にしるけく匂う
立花《りっか》をながめ風吹かぬ地に首を垂れて
悲哀と歓喜忘れてなぞる大地の裂け目
ただ雨季を待つ割れた花瓶で毳を刮ぐ
藍染の夜にシガーを燃やしたライター
顔を上げると梢の木菟は瞬く間に飛ぶ
枯枝をふみ野を彷徨うとうらさぶる性
松明の導く方角へゆきゆきてスコール

あなたにあいたいし

主人によって
住居をさだめられている
だれも部屋に立ち入らないし
私には職がないので
食事をあたえられる
ままに、むいの生活をする

あいしあいたいあいてがいない
わたしがいるのはやどかりのやど
おちてくるのはかいがらのさけび
いるかはことばをかわしたりしない

おんぱをつかってたしかめあい
一方向におよいでいる
わたしたち人間は
カベの厚さでしか
距離をはかることができない
自分と他人の等高線の
外側の線ではなしをしている
かいがらの内側でさけんで
じぶんにおりてくることばをききながら
つたわったとおもう
頂点に到達したさけびは
外側のひとたちに
ひびきとしてつたわる
あなたしかいないのに
あなたにはつたわらないのに

ひとりの昼

ひとりの昼はすね毛をこすって
蟻をつくってあそぶ
テーブルにならべて眺めると
胴体だけで足がない
のばしっぱなしの爪で
蟻をつかんではははなす
重い、なぜこんなにも重たいのだ
からっぽのコップと
白い皿、フォークとナイフが
昼下がりの陽光を反射してまぶしい
もう二時だ、お昼をたべなきゃ

髪の毛をちぎってはならべる
爪のあいだに垢がたまっている
爪を噛んでもだいじょうぶかな

太陽の塔

軍服を脱いでその身をさらす
両手を広げてひかりを浴びる
太陽の塔、ちいさいけど太陽の塔だ
本日の太陽の塔は何色だろう
きっと太郎が愛した赤色に違いない
あの太陽の大気と冷えた瓶ビールの
名前がおんなじだなんて
昨日は友達と健康ランドで碁を打った
今日は雀荘で麻雀を打《ぶ》った
顔を隠しながら贅沢に朝を使った
しばらく軍服を着ていよう

明日のテレビ塔は青いはずだ

仏陀

睡眠の質とおなじくらい
時が過ぎ去るのは馬鹿げている
君は何時間寝たのか、何回他人をののしった
兵馬俑のように仏陀が隊列を組んでいる
そのなかにあぐらをかいて
敬礼のポーズを取っていた
悩めるロダンはあごに拳を当てている
ゆるされるならもう一度こんにゃくのように
くねくねとフラダンスを踊りたい
グレーの色彩のなかに黒い点描がある
いくつもの黒い目を恐れている

願わくば三月の桜の木の下で
花吹雪を振りまきながら
君の門出を祝福したい

真空の憧れ

昼下がりに街を歩いていた
批評を拒む
真っ黒な絵画を買い求めて
老婆と鎖に繋がれた犬は
鉄をたたく音を
聴きながら眠っている
工員たちが作業をやめて
昼飯を食べに電源を切ると
プレス機は息を止めて
鋳型が浮いたまま凍った
急に校庭から子供たちの

騒がしい声が聞こえ
おどろいた犬が吠える
まぶしくて目を瞑る
物事はすべて
ショーウィンドウに映る影
人々
私は疲れて眠る
「そろそろお茶にしませんか」

手工業の疑い

三つの辺と三つの角が等しいとき
宝石の二つの面は合同である
シシリイの職人は
一八八の面をつくらなければならない
職人は砥石をダビデ像の前に置いて
眼を瞑って腹の筋肉を観察している
静止という視覚的な継続性と
変化し続けるそうぞうの継続性の
集合の〝かつ〟でものをみるために
これがアラマントの眼である
そこでクルブシの出番だ！

膝の眼をたよりに、職人はボビンに
原石を押し当てる
アラセイトウ
アラセイトウ
と研磨する音が鳴る
粉塵でけむたい
サッシ窓をあけると
もう休憩の時間だ
職人はチキンカツレツを
窓に寄りかかって食べる
何人かが落ちて死ぬ
原石はボビンに押し当てられる
検察はカケラを拾い集める

西脇順三郎「馥郁タル火夫」翻案

閉じた土

石牢のなかに君眠り
僕が抱えた花束は
突風を前に花弁散る
十年前の火葬場に
中途半端に骨残り
外気は土に染みこまず
骨壺のなかに風凪いで
風は石牢をなでるだけ
生臭坊主が決めたから
野ざらしの死は許されず
土に還ることもなく

転生などは夢のまた夢
君を陽光にさらすため
石牢をぐいと押し倒す
白いつるつるの陶磁器が
そこにはでんと鎮座していて
崖下に壺を投げ飛ばす
壺はばりんとふたつにわれて
君はひさびさにひかりを浴びた
君はひさびさに呼吸した
花束を投げすてて願うのです
君が風となることを
君が野あそびすることを

新しい契約

石をぶつけるときには
かならず息の根を
止めるつもりでぶつけなさい

熱気を帯びた顔が
青白く変色するまでを耐え
固く結ばれた紫色の唇が
自然と弛緩し「さようなら」
と吐くまでのあいだ
石は両肺のあいだに取っておくこと

長い詩は疲れる
口を閉じれば深雪
深雪、深雪、深雪

窓を眺めていると
吹雪のなかを
犬を引き連れて
男がやってきた

「この前はすまなかった」と
いちど消してしまった火種をつける難しさを
知ってか知らでか、男はせわしなく手を揉みながら言う
火をくれい　火をくれい　と、まわりのものが囃し立てる
「ところであなたは村に火をもたらした犬の話を知っていますか」
「知らない」

「犬は死んだのです。火のために死んだのです」
女には確かに紫のあざがあったのだ
男の両手には今はこぶしがないが
放たれたものは二度とかえってこないのである
男は眉間に皺をよせながら言った
「わたしはあなたの鏡ですから、とおくににげてください」
「そのかわりに新しい契約を結び直しましょう」
男は声を失うことになった

男は物を言えない自分を恥じながら
静かにその街を去るのだ
もし、母音のひとつでも零そうなら
見えない場所からたくさん
石が飛んでくるそうだ

インカレポエトリ叢書Ⅶ
アイスバーン
二〇二一年二月二八日　発行

著　者　久納 美輝

発行者　知念 明子
発行所　七月堂
〒一五六―〇〇四三　東京都世田谷区松原二―二六―六
電話　〇三―三三二五―五七一七
FAX　〇三―三三二五―五七三一
印刷　タイヨー美術印刷
製本　あいずみ製本

ISBN978-4-87944-436-3 C0092